AF316528

EPITRE AU ROY,

PAR

LE PREMIER MARGUILLER

DE LA PAROISSE

DE FONTENOY.

VIS-A-VIS
FONTENOY.

M. DCC. XLV.

EPITRE
AU ROY,
PAR
LE PREMIER MARGUILLER,
DE LA PAROISSE
DE FONTENOY.

POUR imiter notre Curé,
Qui vous a si bien célébré,
Dans la Requête qu'il fit faire
Par un Poëte non crotté;
Et qui plus hardi que Voltaire,
L'adresse à votre Majesté :
J'ai choisi pour mon Sécrétaire,
Certain Chansonnier de Paris,
Qui n'a pas l'ame mercenaire;
Puisqu'en rimant pour moi *gratis*,
Il n'éxige d'autre salaire,
Que le plaisir de vous chanter :
Heureux s'il parvient à vous plaire.

Mais hélas ! doit-il se flatter
Que vous daignerez l'écouter,
Lorsqu'Apollon ne peut suffire,
Grand Roi ! pour chanter dignement
Tout ce qu'en vous la France admire.

J'AVOUERAI naturellement,
Qu'en hazardant de vous écrire,
Ses vers n'étant pas élégans,
Mon Secrétaire à mes dépens,
Pourra fort bien donner à rire :
Tandis que notre bon Pasteur,
Pour mieux récompenser l'Auteur
De sa Requête, se dispose
A faire sans correction
Une nouvelle Edition.
En attendant je me propose
Et prétens vous communiquer
Ce que notre Maître d'Ecole,
En buvant, voulut critiquer
L'autre jour chez Dame Nicole,
Confidente de ses travaux,
Dans les quatre (*a*) Poëmes nouveaux
Dont lui-même il fit la lecture
Sans en passer un petit mot.

PLUS malin que *maître Rabot*
Fort estimé dans la Roture
Vrai dans ses observations,
Il ajoute aux *Réfléxions*

Bataille de Fontenoy, Poëme par M. de Voltaire, & les autres.

D'un fage & moderne Critique;
Plus naturel que politique;
Et qui dans ce nouvel écrit
Donnant l'effor à fon efprit,
Sans que Voltaire s'en offenfe,
Des Irlandois prend la deffenfe:
Tandis qu'un Prince (*a*) admirateur
De fes talens qu'il récompenfe,
Se déclare fon Protecteur,
Et choifit pour remplir fa place,
Le frere digne Succeffeur
De cet illuftre Profeffeur,
Qu'Apollon couronne au Parnaffe,
Tandis qu'avec lui des neuf Sœurs,
Guerin partage les faveurs.

MAIS je commence à reconnoître
Que je me fuis trop égaré:
Revenons à notre Curé;
En vérité c'eft un bon Prêtre,
Et je puis bien dire aujourd'hui,
Que je vous aime autant que lui.

DEPUIS que dans notre Village
Où témoins de votre courage,
Grand Roi! nos ennemis domptés
Comme nous chantent vos bontés;
Les habitans du voifinage
Tous les jours viennent pour nous voir:
Notre Curé tient table ouverte,
A tous venans elle eft offerte,

(*a*) M. Le Comte de Clermont.

Depuis le matin, jufqu'au foir ;
Et comme fouvent il s'abfente,
J'en fais moi-même les honneurs ;
Mais elle n'eft pas fuffifante,
Pour contenter tous les Acteurs,
Qui joyeux de votre victoire,
Ne fe laffent jamais de boire
A la fanté de notre Roi.
Car depuis que dans Fontenoi
Des cœurs il a fait la conquête,
Chaque jour eft un jour de Fête.
Mais pour mieux remplir mon emploi
Ayez égard à la Requête
De notre Curé bon vivant ;
Quoique dans l'automne de l'âge,
Il fera bien fon perfonnage
Si vous voulez dès à préfent
Ordonner que l'on lui délivre
Les petits droits qui lui font dûs,
Car aujourd'hui ces revenus
Sont trop bornés ; il ne peut vivre
Dans fa Cure avec cent écus.

Pour moi j'ajoute avec franchife
Que les huit mille enterremens,
Que l'on a fait dans notre Eglife
Ont bien ufé nos ornemens :
J'entens ceux dont on fait ufage
Quand on dit l'Office des Morts.
Prince auffi généreux que fage,

Daignez seconder mes efforts ;
Pour soulager notre Fabrique ,
Qui n'est pas riche en vérité ,
En secret j'avois projetté ,
De faire une Quête publique ,
Lorsque vous nous avez quitté.

JUSQU'A la fin de la Campagne
Vous auriez bien dû nous laisser
Ce cher fils qui vous accompagne ;
Je voulois vous le proposer ,
Sire, en vous présentant moi-même
Un petit placet composé ,
Par notre Curé qui vous aime ,
Mais j'ai craint d'être refusé.

DANS sa Requête sans scrupule
Quand ce Pasteur pour l'obtenir ,
En comptant avec vous, calcule ,
Ce qui devoit-lui revenir ,
Et donne une preuve bien claire
De son désintéressement :
En vous observant seulement ,
Que *toute peine vaut salaire.*
Grand Roi, la proposition
Qu'il vous a faite en honnête homme
Mérite votre attention.
Huit mille francs font une somme
Qui sans vous déranger en rien
Aujourd'hui lui feroit grand bien ;
Car entre nous son Presbytaire

A iiij

A besoin d'être réparé ;
Cette dépense est nécessaire :
Mais je sçai que notre Curé
N'est pas en état de la faire.
Je voudrois aussi que Voltaire ,
Qui de tous ses droits l'a frustré ,
En donnant l'*Extrait mortuaire*
Des Seigneurs morts à Fontenoy ;
Pour prouver son zéle , grand Roy !
A titre d'*Historiographe* ,
De chacun d'eux fît l'Epitaphe ,
Qu'en lettres d'or on graveroit
Sur des marbres qu'on placeroit
Avec pompe dans notre Eglise ,
Où le Curé les enterra
En leur chantant un *Libera*.
Sa muse à vos ordres soumise ,
De son devoir s'acquitera ,
Si-tôt qu'on lui commandera.
Suivant ce que je conjecture ,
Chaque Epitaphe qu'il fera ,
A notre Fabrique vaudra ,
En remboursant la sépulture
Au Curé qui la retiendra ,
Quelques fondations nouvelles ,
Que quelquefois on employera
Pour achéter des Soutanelles ,
Et même aussi des Ornemens.
Par ces petits arrangemens
Nous nous trouverons à notre aise ;

A chacun de nos habitans ,
Comme à la Ville, au lieu de bancs ,
Nous pourrons donner une chaise :
Enfin nous ferons tous contens.

MAIS je vous avouerai sans feindre,
Que nous ferions beaucoup à plaindre,
Si quelque jour notre Pasteur,
Préférant la Ville au Village,
Dans Paris , sans être Docteur,
Alloit faire un grand personnage.
Ce n'est pas son intention ,
L'*intérêt* & l'ambition
N'occupent point un si bon Prêtre ;
D'ailleurs il vous a fait connoître
Qu'il ne veut qu'une *Pension*.
La chose est bien facile à faire :
Mais je serois trop téméraire
Si j'osois , simple Marguiller,
En pareil cas vous conseiller :
Je ferai donc mieux de me taire ;
Cependant je n'ai pas tout dit,
Je voudrois vous faire un récit
Qui peut-être vous feroit rire,
Pour vous chanter grands & petits,
Aujourd'hui font les beaux esprits.
Tout le monde enfin veut écrire :
Grand Roy , n'en soyez point surpris ?

INFORME' par mon Sécrétaire,
De ce qui se passe à Paris

Sous le nom de notre Vicaire ;
Qui n'en sçait rien assurément,
J'appréns qu'on vend publiquement
Des Vers (*a*) qu'une Muse anonyme
Sans monter sur la double cime
Rima trop précipitamment.

J'APPRENS même aussi qu'un Libraire,
Qu'il ne convient pas de nommer,
En faisant tort à son confrére,
Pour son compte vient d'imprimer,
Et dans le même caractére,
Sans le vendre sous le manteau,
Ce petit ouvrage nouveau (*b*)
Qui ne fait pas rire Voltaire.
Tandis que du Public goûté,
Il occupe toute la Ville,
On dit qu'un Auteur est tenté
De le remettre en Vaudeville,
Mais pourroit-il l'exécuter,
Quand le Théâtre de la Foire,
Qui se préparoit à chanter
Cette glorieuse victoire,
Que vous venez de remporter
Par un Arrêt irrévocable,
Vient d'être à jamais supprimé,
Cependant il étoit aimé,

(a) *Vers sur la Bataille de Fontenoy.*

(b) *Requête du Curé de Fontenoy au Roy.*

(11)

Et c'eſt pour cela qu'on l'accable :
Que deviendra le pere aimable
D'Acajou qu'Apollon chérit,
Et de la Chercheuſe d'eſprit,
Le Chef-d'œuvre de ce Théâtre ?
Tout Paris en fut idolâtre,
Lorſque dans les amours Grivois
Aux Flamands ſoumis à la France,
Il faiſoit chanter vos exploits ;
Il vit encor dans l'eſpérance,
Qu'il pourra peut-être à la Cour,
Célébrer votre heureux retour ;
Et qu'en récompenſant le zélé,
De ſa troupe à ſon Roi fidéle,
Vous le rétablirez un jour.

En attendant dans la province,
Elle va travailler, grand Prince !
A mériter de plus en plus
Et vos bontés & vos ſuffrages,
En donnant de nouveaux ouvrages,
Qui ſeront toujours bien reçus,
Malgré Thalie & Melpomême,
Si vous daignez y conſentir.
F*** à la foire prochaine,
Se flate en brillant ſur la Scéne,
Que le public avec plaiſir,
Tous les jours viendra l'applaudir.

Souffrez que je l'en félicite,

Puifque charmé de cet Auteur ;
Apollon même en fa faveur,
Avec les Mufes follicite :
Grand Roi ! cet aimable Guerier, (a)
Dont le myrthe joint au laurier
Sans cefse couronne la tête ;
Tandis qu'il prépare une fête
Pour chanter avec les Français ;
Et vos Conquêtes & la Paix,
Que depuis long-tems on défire ;
Et qui fera notre bonheur,
Si nous pouvons avoir l'honneur,
D'être toujours fous votre empire.

SIRE, en ce cas permettez-moi
De vous aller voir à Verfailles,
Comme j'ai fait à Fontenoi :
Notre Pafteur & fes Ouailles
Ont aufsi defsein d'y venir,
Pour vous tirer la révérence ;
Et vous faire refsouvenir,
Qu'aujourd'hui foumis à la France ;
Nous devons avec vos fujets,
Comme eux jouir de vos bienfaits.

POUR moi fi je fais ce voyage,
Je compte avoir bien du plaifir :
Car fans regretter mon Village,
Je veux voir tout à mon loifir,

(a) M. le Duc de Richelieu.

Cette grande & superbe Ville,
En beaux esprits toujours fertile.
Et mon Sécrétaire avec eux,
Me fera faire connoissance ;
Quoique je sois fort curieux,
Cependant de sa complaisance
Je ne prétens pas abuser,
Mais il voudra bien m'excuser,
Si quelquefois je l'importune
Pour voir toutes les nouveautés,
Qui ne font pas toujours fortune
Sur ces Théâtres si vantés.

DANS le Temple de Polymnie,
Rameau que l'on admirera,
Par sa Musique & son Génie,
Plus d'une fois m'enchantera.
Tandis qu'au Comique Opera,
Supposé qu'on le rétablisse,
Boismortier lui disputera,
Les suffrages que cette Actrice, (a)
Avec Poirier partagera,
Lorsqu'avec elle il chantera.

AU Théâtre Tragi-Comique,
De cét Auteur Académique,
Je verrai biller les talens ;
Tandis que la Troupe Italique,
Pour soutenir les Dénoûmens -

____

(a) Mademoiselle Chevalier,

De ſes petites Comédies,
Fera des Divertiſſemens ;
Et donnera des Parodies
Pour amuſer les Spectateurs.
 Je viſiterai les Boutiques,
Des Imprimeurs Anti-Critiques,
Qui faiſant les petits Docteurs,
Veulent corriger les Auteurs.

 Je ferai ma Cour aux Libraires,
Qui pour ménager mon argent,
Quelquefois me feront préſent,
De ces nouveautés Litteraires,
Qui venduës par les Colporteurs
Trouvent toujours des Acheteurs.

 Du Journaliſte Hebdomadaire,
Antagoniſté de Voltaire,
Et qui de ſa g^loire jaloux,
En ne conſultant que ſon goût,
Exerce un pouvoir Deſpotique
Sur les Ouvrages qu'il critique,
Et s'enrichit à leurs dépens,
J'emprunterai les *Jugemens* :
Car mes fonds ne pourroient ſuffire,
Pour faire emplette des Ecrits,
Dont il inonde tout Paris.
C'eſt aſſez pour moi de les lire,

 Sire, tel eſt en abrégé,
Ce qu'à Paris je prétens faire :

Voilà de quoi me satisfaire ;
Et si-tôt que j'aurai mangé,
Ce que pour faire le voyage ,
Depuis un mois j'ai ménagé ;
Pour retourner à mon Village
De vous j'irai prendre congé.
Mon Sécrétaire mal logé ,
Chez Thémis en apprentissage ,
Avant de choisir un état ,
Se fait recevoir Avocat.
Mais en attendant qu'il exerce ;
Et fasse valoir ses talens ,
Il est à charge à ses parens :
La fortune qui les traverse
Ne voulant pas rire pour eux ;
Les force à vivre de ménage.
Pour vous, dans sa priere, aux Cieux
Sa Mere vertueuse & sage
Tous les jours s'adresse deux fois ;
Et son Pere dans les Emplois,
Fait un très petit personnage.

Si vous voulez le proteger ;
Sans craindre qu'il vous importune ;
Vous pouvez aisément changer
Et son état & sa fortune.

Pardonnez ma témérité,
Lorsque j'ose avec confiance ,
Pour l'acquit de ma conscience,

Supplier votre Majesté,
De faire entrer dans la Finance,
Qui des deux vous voudrez choisir;
L'un & l'autre peuvent remplir
(Et je vous en préviens d'avance)
La place qu'on leur donnera.

C'est alors que mon Sécrétaire
En son nom vous remerciera;
Les vers qu'il vous grifonnera
Ne vaudront pas ceux de Voltaire;
Mais son cœur qui les dictera,
En vous les adreffant lui-même,
Grand Prince ! vous affurera,
Que fa famille qui vous aime,
Sans ceffe avec lui chantera
Et vos bienfaits & votre gloire;
Tandis qu'au Temple de Mémoire,
Voltaire qui les gravera,
Pour mieux chanter votre Victoire,
Compofera de nouveaux Vers,
Et donnera bientôt l'Hiftoire
Du plus grand Roy de l'Univers.